LA IMAGINACIÓN
DE MAZZANTI

J.L. BADAL

LA IMAGINACIÓN
DE MAZZANTI

ILUSTRACIONES DE ZUZANNA CELEJ

laGalera

A todos los grandes imaginadores, viejos y jóvenes.
A Marcelo Mazzanti, al fabuloso Marcelo de verdad.
¡Que nunca cesen tus ataques de imaginación, amigo!

J.L. BADAL

Primera edición: mayo de 2017

Diseño de interiores: Xavier Peralta
Diseño de cubierta: Duró Studio
Edición: Olga Portella Falcó
Dirección editorial: Iolanda Batallé Prats

© 2017, J.L. Badal, por el texto
© 2017, Zuzanna Celej, por las ilustraciones
© 2017, la Galera, SAU Editorial, por esta edición en lengua castellana

Casa Catedral ®
Josep Pla, 95
08019 Barcelona
www.lagaleraeditorial.com

Depósito legal: B-6.060-2017
Impreso en la UE
ISBN: 978-84-246-5847-2

Impreso en EGEDSA
Roís de Corella 16
08205 Sabadell

Índice

HOPI

FERNANDO

BALBINA

MAZZANTI

SALAMI

SIBIUDA

LA EXPLOSIÓN DEL PROPERGOL

El otoño ha llegado. Las hojas empiezan a
dorarse y se caen. Algunos días sopla el viento,
y en el bosque han aparecido las castañas y
los madroños. Pronto encenderemos el horno
y comeremos boniatos y mazapanes.

El otoño es esperado con ansia en el
Internado Sharlok Home porque el Profesor
Salami saldrá a buscar setas. Eso permite
que nuestros amigos tengan un ratito más
de tranquilidad. Se pasan largas horas en
la biblioteca, o jugando en el patio. Y, con
Petrushka, pueden hacer excursiones tan
emocionantes…

Hoy Balbina ha tenido una idea nueva para que Petrushka sea más veloz. Fer, Hopi y la Buba Luna Volanda se han montado en su barriga y vuelan rumbo al bosque.

—¡Creo que he hallado el combustible perfecto para Petrushka! —dice Balbina—. ¡He mezclado boñigas de vaca con… PROPERGOL!

—¡Pero Balbina! —exclama Fer—. El propergol es un combustible para cohetes. Y… ¿las boñigas de vaca? ¡Uf!

—¡Quiero que Petrushka vuele como un cohete! No te preocupes, he fabricado yo misma el propergol. No es peligroso… o eso creo.

—**¡Hopi!**

Hopi tiene ganas de volar veloz como un cohete, y anima a Balbina. La Buba Luna Volanda parece nerviosa. Petrushka también parece impacientarse:

—¡BAMOOOUUUUUUUUUUUUUU!

—Vamos allá… —acepta Fer.

Balbina enciende el motor de Petrushka,
y echa la mezcla que ha preparado.

—¡Toma, Petrushka! Espero que te guste.
Y ahora… —aprieta el botón rojo de los
mandos—. ¡A volar!

¿Qué está pasando? ¡De repente
Petrushka abre mucho
los ojos!

—¡BAMOUUUUUUUUUUUUUU! —muge como si le doliera la barriga.

—¡Algo falla! —masculla Balbina mientras manipula los controles.

Efectivamente, la cola de la vaca ha empezado a dar vueltas por sí sola. ¡Y Petrushka, en el cielo, también empieza a girar!

—¡BAMOOOUUUUUUUUUUPS! —muge el animal de repente. Se detiene un momento en el aire, empieza a notar una especie de hipo, levanta de una forma exagerada las cejas y la cola, y suelta una enorme boñiga.

—¡Cuidado! ¡Boñiga! —advierte Fer.

Pero ya es demasiado tarde. La boñiga ha caído sobre la cabeza de alguien.

—¡Argh! ¡Hogrrrogrrosssso! ¡Uf! ¡Hogrrggrribble! ¡Ay! ¡Menudo boñigote!

Es el Profesor Salami, que estaba buscando setas en el bosque, ¡precisamente debajo de Petrushka!

—¡Corre, Petrushka, huyamos! ¡Si nos descubre estamos perdidos!

Y, quizá a causa del miedo que le produce Salami, Petrushka galopa hasta el orfanato.

—¡Mirad como corre, mi Petruixquita! —se entusiasma Balbina.

Los niños corren a esconderse en el dormitorio. Cogen un libro y se sientan sobre la cama para simular que están leyendo.

Al cabo de poco rato se oye la voz del Profesor:

—¡Hogrogrrosso! ¿Habéis visto qué boñigote?

Entra en el dormitorio hecho una furia. ¡Aún está todo manchado de los excrementos de Petrushka!

—¡Vosotrgrros! ¡Me habéis aggrojado un boñigo! ¿Qué os habéis crgreído?

En ese preciso instante el Sibiuda ve a Petrushka por la ventana. La vaca regresa a su establo, poquito a poco, a través del cielo. Se ha detenido a olisquear una nube que pasaba por allí, como quien huele una flor...

—¡Profesor Salami! ¡Una vaca voladora!

Salami está indignado. Está meditando un buen castigo y no quiere mirar por la ventana.

—¿Pegro qué dices, cabeza de chorgrlito? ¿Una vaca voladogra? ¿Es que estás loco? A vergr si te castigo a ti también, ¡cabeza de alcogrrnoque!

—¡Profesor! —se defiende Fer—. ¿Cómo se supone que hemos lanzado una boñiga desde aquí?

Bajo la gorra, Hopi, nervioso, no se da cuenta de que está usando su pipa. Un humo azulado con olor a chocolate se desprende de la cabeza de Fer.

—**Pif, pif...**

—¿*Pegro* qué es esto? ¿Humo? ¿Te estás *griendo* de mí?

—No, profesor...

—¡Todo el mundo castigado! ¡Castigados! ¡*Hogrogrrosso*!

El Profesor Salami ha vuelto a castigarlos. Esta vez tendrán que cortar todos

los hierbajos que hay alrededor del Internado Sherlok Home. Es una tarea espantosa, tardarán días en acabar…

—¡Y si no lo hacéis a la **pegrfección**, os **trgragagréis** las boñigas que **encontrgréis**!

—**¡Hopi!** —protesta Hopi.

—¿**Pegro** qué es ese **gruidito** de **hopipi-hopipi**?

—Perdone, profesor, es que tengo el hipo. ¡Hopi! —Fer imita la voz de Hopi para que parezca que es él quien ha hecho el ruido.

Qué mala suerte. Después de comer, nuestros amigos tienen que ir a arrancar hierbajos. Hopi está indignado.

—No te preocupes, Hopi —le susurra—. Es elemental… Aprovecharemos la oportunidad… ¡para hacer una visita a Watsonville!

—**¡Hopiiiiiiiiiiiiii!** —ríe el cachorro.

LAS ABEJAS

Mientras el Profesor Salami los vigila, Fer y Balbina arrancan hierbajos alrededor del muro que rodea el internado.

Al final el Profesor Salami se marcha.

—Prgronto se hagrá targrde y no quiegro gresfiargrme... ¡Hala, continuad vosotrgros solitos! —dice, y se marcha.

Cuando se quedan solos, Balbina llama a Petrushka. Al cabo de pocos minutos, ya la ha programado para que se coma los hierbajos.

—¿Y qué va a hacer con la hierba que se coma? —pregunta Fer.

—¡Oh, la he programado para que la convierta en... PROPERGOL!

Balbina es genial. Ya pueden irse tranquilos.

Cuando han caminado algunos metros en dirección a Watsonville, Hopi salta de la gorra de Fer y se lanza de cabeza hacia unas zarzas.

—**¡Hopiiiii!**

—¡Hopi, vuelve! ¿Adónde vas?

Fer y Balbina le siguen corriendo. Cuando llegan, ven una casita minúscula y rosada. Se trata de una colmena artificial para las abejas, donde ellas hacen su miel. De repente, empiezan a revolotear alrededor de la cabeza de Hopi.

—**¡Hopiiii!**

—¡No las asustes, Hopi, o te picarán!

La Buba Luna Volanda sale disparada hacia las abejas. Da vueltas junto a ellas, baila una extraña danza, la danza de las abejas. Y ellas se calman. Después se posa sobre la nariz de Hopi.

—Mira, Hopi, intenta decirte que las abejas te dan permiso para que tomes un poco de miel.

¡Hopi es un goloso!

—¡Gracias, abejas! —les dice Fer—. ¡Si algún día nos necesitáis, avisadnos!

—**Bzzzz...** —contestan ellas. Parece que saluden amablemente.

—¡Y ahora… a Watsonville!

¿Qué aventuras nos esperan en el pueblo?

LA CASA DE TÉ DE LA SEÑORA BYLSMA

El pueblo de Watsonville es muy acogedor. Tiene una plaza central para que todos los niños puedan jugar, un pequeño río, muchos árboles, y flores en los jardines. De algunas chimeneas sale humo, y huele a castañas asadas.

—Necesito té de ortigas para suavizar el propergol —propone Balbina—. ¿Y si vamos a *La casa de té de la señora Bylsma*?

—**¡HOPIIIII!** —A Hopi le encantan los tés de la señora Bylsma. Sobre todo el té con sabor a fresa y chocolate. ¡Es su preferido! Además, van a comprarle una bolsita de té de caramelo a Papabertie para darle una sorpresa. La última vez se la tragó entera, con envoltorio incluido.

Al llegar, corren a su mesa preferida, junto a la ventana.

—¡Señora Bylsma! —saluda Fer.

La señora Bylsma aparece sonriendo, como siempre. Es una viejecita amable, que de tanto beber té se ha convertido en una mujer pacífica y risueña. ¡Y siempre tiene preparado un dedal lleno de té con miel para la Buba Luna!

Pero hoy les pide que hablen bajito. El gran escritor Mazzanti está tomando su café.

Miran disimuladamente. En la mesa del rincón, hay un hombre alto, de cara bondadosa, mirada de niño travieso y una barriga que parece repleta de felicidad. Es el gran Mazzanti. Está contemplando su taza de café.

—Dicen que es la persona que tiene más imaginación del mundo —les explica la señora

Bylsma—. Escribe cuentos para los niños y…
¡le gustan muchísimo las historias de detectives!

Mientras hablan, Hopi se acerca al
escritor de un salto. La persona que tiene
más imaginación del mundo… Pero además,
Mazzanti tiene en la mesa un platito con
mazapanes. ¡Y los mazapanes son el manjar
favorito de Hopi!

—**¡Hopi!** —se presenta—. **¡Hopi Poe!**

—¡Hopi, no le molestes! —se apresura Fer.

Mazzanti sonríe. Se le ve tan feliz que su cara
parece la de un niño pequeño.

—¡Amigos míos! Hoy pensaba que no me
iba a encontrar con nadie especial. ¡Y mira! ¡Uf,
uf, uf! Dos niños inteligentes y un cachorro que
lleva una pipa en la boca. ¿Pero qué es esto?
¿Una mariposa mágica?

—**¡Pif, pif…!** —sopla con la pipa Hopi,
orgulloso.

La Buba Luna se ha posado sobre las gafas redondas de Mazzanti y mueve sus alitas de colores cambiantes.

¡Qué fácil es hacerse amigo de un escritor que tiene ganas de hablar! ¡Mazzanti es un hombre muy divertido!

—¡Uf, uf, uf! ¿De manera que habéis visitado a los indios hopi? ¿Y que existe realmente el cerdito-mofeta? Un día me imaginé un cerdito-tortuga, pero un cerdito-mofeta… ¡es aún mejor!

De vez en cuando los sorprende con alguna pregunta extraña.

—¿Sabéis cuál es el animal más grande que uno pueda imaginarse?

—¿Una ballena con trompa de elefante? —dice Fer riéndose.

—¿Un elefante con cola de ballena? —propone Balbina, concentrada.

—**¿Hopi-hopi? ¿Hopi Poe?**

—Yo me imagino el universo entero como un gran animal que está contando un cuento —dice Mazzanti mirando por la ventana.

—¿Qué cuento?

—Nosotros somos su cuento. ¿Os lo imagináis? Nuestra vida es un cuento contado por el universo.

¡Oh, esto sí que es imaginación!

Nuestros amigos están felices, se ríen mucho. En vez de *La casa de té de la señora Bylsma*, aquella sala acogedora debería llamarse *La casa de las risas de la señora Bylsma*.

EL ATAQUE DE IMAGINACIÓN
DE MAZZANTI

¡BRRRRRRUUUUUUUMMMMM!

Un trueno ha interrumpido la charla. Fer
mira por la ventana.

—Pronto va a llover… —dice. Pero de repente
exclama—: ¡Oh, no! ¡Es el Sibiuda! ¡Viene
directo hacia aquí en su bicicleta!

Mazzanti se levanta.

—Uf, uf, uf… ¿Qué pasa, amigos? ¿Quién es
ese tal Sibiuda?

Balbina le explica de quién se trata.

—Y no puede descubrirnos aquí o se lo dirá
al Profesor Salami y no volveremos jamás… —la
pobre Balbina se está poniendo nerviosa.

—Bien, calma… —propone Mazzanti—. Dejadme a mí.

Se bebe su café de un trago, se zampa dos mazapanes de golpe y se va hacia la puerta.

El Sibiuda, en su bicicleta, ya llega. ¡Y viene gritando!

—¡Sé dónde estáis, Fer y Balbina! ¡He visto a vuestra vaca apestosa royendo hierbajos! ¡Señora Bylsma, no puede esconderlos más! ¡Hic, hic!

—Este niño se ríe de una manera muy extraña… —suspira Mazzanti. Entonces se sitúa ante la puerta y cierra los ojos. Lentamente, cruza los brazos, con los puños cerrados delante de la frente, como si se protegiera. Respira hondo y, de repente, echa los brazos hacia atrás, adelanta una pierna y ataca con la cabeza como si fuese un toro, mientras grita:

—¡Ataque de imaginación!

¿Qué está haciendo el Sibiuda? Se ha detenido

ante la puerta como si no entendiera nada.
Se frota los brazos, parece que tenga frío. Mira
hacia arriba, enseña
los dientes, se da
la vuelta y se pone
a pedalear como
un loco hacia el
internado.

—¡Oh, Mazzanti!
¿Qué ha ocurrido?
¿Qué has hecho? —se
levantan los niños.

—¿Hopi?

Mazzanti sonríe.
Les explica que
solamente se ha
limitado a imaginar
de forma muy intensa
que había una nube

pequeña sobre el Sibiuda y que empezaba a
llover agua muy fría.

—Si imaginas algo con la voluntad
suficiente… ¡a veces pasan cosas curiosas!

Y, efectivamente, al Sibiuda le ha entrado
mucho frío y ha sentido un miedo atroz a que
una nube le persiguiera a él solito.

Mazzanti tiene un poder. ¡El poder de la
imaginación!

Bien, y el poder de comer mazapanes, porque
se acaba de meter dos más, enteros, en la boca.

—**Hopi…**

—Pero decidme algo —pregunta el escritor—.
Antes habéis mencionado a un tal Profesor
Salami. ¿No será un hombre alto y feo que
siempre anda diciendo «*hogrogrroosso*»?

—¡Sí!

—**¡Hopi!**

Qué casualidades tiene la vida. Resulta que

Mazzanti y el Profesor Salami estudiaron juntos de niños.

—Oh, él siempre intentaba fastidiarme, cuando éramos niños… —Mazzanti sonríe—. Sospecho que me tenía envidia porque yo siempre estaba leyendo, riendo y soñando, y a él leer no le gustaba nada. Un día hasta me quemó un libro.

Qué bien. Mazzanti ha decidido acompañar a nuestros amigos al internado. ¡Tiene ganas de ver en qué se ha convertido aquel niño pesado que era Salami de pequeño!

LA ENVIDIA DE SALAMI

Nuestros amigos llegan empapados al internado. La imaginación de Mazzanti les ha hecho reír tanto durante el camino, que ni siquiera se han dado prisa para protegerse de la lluvia.

—¡¡Hogrgrogrrosso!!

Es el grito de Salami, que sale a recibirlos.

—¿De dónde venís tan targrde?

—Profesor, estábamos arrancando los hierbajos y…

—¡Y me han encontrado a mí! —ríe Mazzanti—. ¿No me reconoces, Salami?

—Ooooh… Hogro… Es que… —La cabeza torpe del Profesor Salami empieza a recordar—. Oh, sí… tú egras aquel niño pequeño

y *gorggordezuelo* que *siemprgre* me engañaba…
¡Un día tú me *grobaste* los mazapanes!

Mazzanti sonríe.

—No te robé nada, querido. Tú me los regalaste.

—¡Oh, *porgque* me hiciste aquello, aquello de la imaginación!

Fer sonríe. ¡Mazzanti ya lanzaba sus ataques de imaginación cuando era pequeño!

—¿Lo acompañamos a la habitación de los invitados, profesor? —pregunta Balbina.

—¡No, no! No *hagrgrá* falta… En la habitación pequeña de abajo *estagrá* mucho *mejogrr*…

Salami es muy mezquino. ¡Le ha ofrecido a Mazzanti un cuchitril pequeño y sin ventanas que utilizan para guardar trastos inservibles!

—¡Pero, Profesor Salami! —protesta Fer.

—Tranquilo, Fer —parece que Mazzanti no se enfada por nada—. Voy a estar perfectamente en esta habitación. ¡Cuanto peor me siento, más lejos vuela mi imaginación!

Bajo la gorra, Hopi gruñe. ¡Es injusto!

—**Hopigrrrrrr.**

—¡Salami! —dice Mazzanti—. ¿Quieres que les cuente a los niños uno de mis cuentos, mientras cenamos? Nos reiremos un poquito y…

—¡Oh no! i~~H~~ogrgrogrosso! ¡No es bueno pagra la digestión! ¡Cómo se nota que no egres prgrofesogr! ¡Anda vete, vete a tu cuargrto, que yo mismo te trgraegré la cena!

Mazzanti, como siempre, sonríe. ¿Qué estará imaginando ahora?

—¡Hasta mañana, amigos! ¡Ya veréis qué historia tan bonita os voy a contar mañana!

—¡Buenas noches, Mazzanti!

—¡Bogrgrff! —resopla Salami cuando Mazzanti se va a dormir—. Ahogra le tgraegré la cena… Se cgree que tiene imaginación… ¡Cuando egra pequeño copiaba todas sus ideas de mí! ¡Es hogrgrogrosso!

—¡Oh, Profesor Salami! Entonces, con su imaginación, ¡díganos una adivinanza! —Fer está un poco rabioso con el Profesor Salami.

—¿Adivinanza? ¡Oh, yo me sé muchas…! —Salami se rasca la nariz. Las orejas se le están poniendo azules —. Eeehhh… No sé…, clagro, sí… Allá va: ¿quién es el mejorgr escgritogr del mundo?

Fer y Balbina no lo entienden. ¿El mejor escritor del mundo?

—No sé… ¿Mazzanti?

—¡Nooooooo! ¡Hogrgrogrosso! ¡Egres un cegrebgrgo de chorglito! ¡YO! ¡YO soy el mejogrg escgritogr del mundo! ¡Hac, hac! ¡No la habéis acertado!

Y Salami se va. ¿Se habrá dado cuenta de que ha hecho el ridículo ante los niños?

—Me las pagragréis… —murmura.

Por la mañana, Mazzanti se levanta muy tarde. Se duerme durante el desayuno, no tiene ganas de hablar, se ha caído tres veces de la silla y, sobre todo… ¡no ha sido capaz de imaginar nada que sea divertido para contar a los niños! ¿Qué ha pasado?

—**¿Hopi? ¿Hopi?**

No lo sabemos, Hopi. ¡Alguien tendrá que investigar!

¡LA IMAGINACIÓN DE MAZZANTI, PERDIDA!

—**U**f, uf, uf… —resopla Mazzanti ante la bandeja de mazapanes que le trae el Profesor Salami.

Hace ya tres días que no parece el mismo. Cuando camina arrastra los pies, sus gafas redondas apenas se sostienen en la punta de su nariz, y ya no puede imaginar nada de nada.

—Qué extraño… ¿Cómo es que el Profesor Salami le lleva el desayuno a la habitación? ¿Qué está pasando? —comenta Fer a Balbina.

—Come, Mazzanti, come… —sonríe mientras tanto Salami—. Migra, también te he trgraído un cafelito, te gustagrá mucho…

—Me siento tan cansado…

—Ahogra ya no quiegres hacergr adivinanzas, ¿vergdad? ¡Migra, yo acabo de hacergr una! ¿Quién es el mejogr escrgritogr del mundo? ¡No egres tú, soy yo! ¡Hic, hic!

¡Mazzanti ya no sonríe! Solo desea echarse junto al Papabertie.

Pero lo más raro del caso es que ya no tiene ganas de contar nada.

—Mazzanti… ¿Y tus ataques de imaginación? ¡Cúrate, por favor! ¿Qué te pasa? —Fer y Hopi tratan de animarlo. Balbina lo saca de paseo.

—Oh, está todo tan bonito, durante el otoño… —dice el escritor.

—¿El otoño no excita tu imaginación? Mazzanti… ¿cuál es el animal más grande del mundo?

—Uf, uf… —suspira Mazzanti, como si le diera pereza pensar—. Una… ¿vaca?

Pobre Balbina, ya no sabe qué hacer.

Fer se ha encerrado en el dormitorio con Hopi.

—¡Hopi, tenemos que descubrir qué es lo que le pasa!

Hopi se pone la pipa en la boca y empieza a caminar dando vueltas. A su lado, Fer también da vueltas.

—Es elemental, Hopi, que antes de llegar al internado todo iba bien…

—**Hopi… ¡Hopi!**

—Sí, yo
también sospecho
de Salami. ¿Has
visto qué envidia
le tiene?

—**Hopi…**

—Sí, puede ser…

—**¡Hopi-hopiiii!**

En ese momento aparece
Balbina. Parece alarmada. Estaba paseando con
Mazzanti, han ido a visitar a las abejas y…

—¡Las abejas han desaparecido! ¡Y Mazzanti
también, lo he perdido!

—¡Tenemos que encontrarlo!

Con el olfato de Hopi, sin embargo, no parece
tan difícil. Se ha puesto su pluma de cóndor en
la cabeza, ha olisqueado el aire, y ha empezado
a correr a toda velocidad por el internado.

—**¡Hopiiiiiiiiii!** —grita. Va tan deprisa que ha pasado entre las piernas del Profesor Salami y del Sibiuda, y ni se han dado cuenta.

De repente chilla:

—**¡HOPIIIIIIIIIIIIIIIIIII!**

¡Misión cumplida!

Mazzanti estaba en la cocina. Lo han encontrado durmiendo junto a Papabertie.

—Vamos Hopi, tenemos que arrastrarlo hasta su cama.

—**¿Hopi? ¡Hopi-hopi!**

Balbina los ayuda. ¡Uf, Mazzanti pesa muchísimo! Les cuesta mucho arrastrarlo. La Buba Luna también colabora, pero tiene tan poca fuerza…

El Profesor Salami los descubre en el pasillo y se pone a reír.

—Vaya… ¡Esto es *hogrgrogrrosso*! ¡Este *hombgre* es un *escrgritogr hogrrible*! ¿Qué hace *durgrmiendo* todo el santo día? Qué poca imaginación…

Después de sudar la gota gorda para transportarlo pueden acercarlo a su cama. Han intentado levantarlo, pero ha sido imposible. De repente, Hopi se cubre las orejas como si le dolieran.

—**¡HOPIIIIIIIIII!** —chilla.

Fer y Balbina no lo entienden. Ellos no oyen nada. Hopi señala bajo la cama alterado. ¡Allí hay algo!

Fer se agacha, se arrastra un poco por el suelo... ¿Qué es esto?

Debajo de la cama hay una pequeña jaula... ¡repleta de abejas!

—¿Abejas? —exclama Balbina.

Las abejas que habían desaparecido. Fer y Hopi se miran y empiezan por fin a entenderlo todo.

—No os preocupéis, abejas. ¡Os devolveremos a vuestro hogar!

—**Bzzzzzz...** —murmuran las abejas prisioneras. Parece que estén sonriendo.

Balbina, mientras tanto, está observando el mazapán que Mazzanti no se ha acabado. ¡Tiene unos puntitos negros!

—¡Vamos a verlo en mi microscopio!

—propone Fer—.
¡Vosotros devolved las
abejas a su hogar!

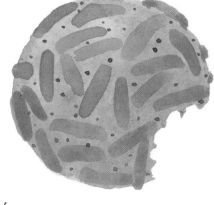

—**¡Hopi!**

¿Puntitos negros?
¿Abejas bajo la cama? ¿Qué
está pasando en el Internado
Sharlok Home? ¿Serán capaces de resolverlo
nuestros pequeños detectives?

DURA BATALLA DE MAZAPANES

—¡Amapola!

Fer está mirando por el microscopio.

—¡Los puntitos negros son semillas de amapola!

—La amapola es muy relajante… —dice Balbina—. Salami cocinaba mazapanes con semillas de amapola para que Mazzanti tuviera sueño todo el día. Pero… ¿y las abejas?

Hopi y Fer se miran.

—¡Elemental!

—**¡Hopi!**

—Las abejas emiten un zumbido muy agudo. Los perros pueden oírlo mucho mejor que los humanos, por eso antes Hopi se ha tapado las orejas. ¡Pero esto no quiere decir que a los humanos no nos moleste! Si te lo introducen en la habitación mientras duermes… ¡no puedes dormir!

—¡Ahora lo entiendo! —Balbina ha dado un salto de la emoción—. El pobre Mazzanti no podía dormir por la noche a causa del zumbido de las abejas prisioneras, y durante el día se moría de sueño a causa de los mazapanes con semillas de amapola.

—Realmente, el Profesor Salami es un malvado.

—**¡Hopi-hopi-hopi!** —Hopi se está enfadando de verdad. De repente se esconde bajo la gorra de Fer.

—Disimulad, se acerca alguien.

Es el Sibiuda, que trae en las manos una bandeja repleta de mazapanes con piñones.

—¡Sibiuda!

—Hola, hola, hola… —El Sibiuda se ríe con crueldad—. Bueno, yo le traía unos mazapanes al farsante ese de Mazzanti. ¡Vaya birria de escritor, puaj! ¡Siempre durmiendo! ¿No lo habréis visto por aquí?

Y por una vez, el sabio y prudente Fer no sabe callarse a tiempo.

—¡Mazzanti no es ningún farsante! ¡El farsante es tu amo, el Profesor Salami, que pretende ser el mejor escritor del mundo!

Sibiuda, sonriendo como una serpiente, aprovecha la ocasión:

—Me has insultado, canijo. ¡Te vas a enterar!

Y se abalanza sobre Fer.

Pero ¡ZIM-ZAMP! ¡Fer lo esquiva con unos pasos de Pakua Zhang!

Y, por una vez, Hopi, el sabio y prudente detective, no sabe estarse quieto.

—¡**HOPIIIII!** —salta de la gorra, y se abalanza contra el pie del Sibiuda, que se cae al suelo también gracias a una llave de Pakua Zhang. ¡Los mazapanes saltan por los aires y ruedan por el suelo!

—¡Argh! ¡Perro infecto! ¡Ahora vas a saber lo que es bueno! ¡Voy a convertirte en una palomita salada!

Y, de la rabia que tiene, pega un grito:

—¡AAAAAAAAAARGH!

¡¡PLOUPF!! Hopi, rápido como un rayo, chuta uno de los mazapanes como si se tratara de una pelota de fútbol.

—¡Gol! —exclama Balbina.

El mazapán va a parar a la boca del Sibiuda, que no puede evitar tragárselo.

—¡Ahora vas a ver lo que es bueno! —se

enfurece el Sibiuda. Y empieza a tirarle mazapanes al pobre Hopi.

¿Pobre? ¡No! ¡Hopi los esquiva todos con sus círculos de Pakua! Lleva puesta su pluma de cóndor, que lo vuelve más veloz. Está devolviendo cada uno de los mazapanes que el Sibiuda le lanza. ¡Chuta y...gol! ¡Todos a la boca del grandullón!

¡PLOUPF! ¡PLOUPF! ¡PLOUPF!

—¡HOPIIIIIIIIIP!

—Aaaargh... —chilla con rabia el Sibiuda. Y, a cada grito... ¡PLOUPF! Se traga otro mazapán.

Hasta que se los traga todos. Se detiene un momento, observa a Hopi, mira a Fer, bosteza y se cae, dormido, al suelo. ¡Efectivamente, los mazapanes tenían semillas relajantes de amapola!

—¡Has vencido, Hopi! ¡Menudo combate!

—**¡HOPIIIIIIIII! ¡HOPI POE!**

Cuando llegan a la habitación, se encuentran con que el escritor ha echado una buena siesta. Como no había abejas bajo la cama, ha dormido como un tronco.

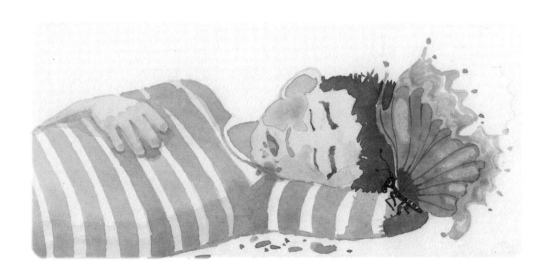

Fer le prepara un buen café. ¡Y Hopi le deja probar su pipa!

—¡Ostras, qué ilusión! ¡Si parece la pipa de Sherlock Holmes de verdad! ¡Uf, uf, uf, me siento mucho mejor!

—Descansa, Mazzanti —le aconseja Fer—. Mañana ajustaremos cuentas con el Profesor Salami.

—¡Sí, mañana hablaremos con «Míster ~~Hogrogrosso~~»! —ríe Mazzanti. ¡Ya está recuperando su buen humor!

LA FUERZA DE LA IMAGINACIÓN

El Profesor Salami llama a la puerta del escritor Mazzanti.

—Buenos días, Mazzanti... Te trgraigo el cafelito, y unos mazapanes...

Cuando entra, sin embargo, se encuentra con Fer y Balbina.

—¿Einch? ¿Qué estáis haciendo vosotgros aquí?

—¿Y tú, Salami? —Mazzanti se ha puesto en pie. Ya no parece cansado—. ¿Qué me traes? ¿Mazapanes? ¿Y no me traes ninguna adivinanza?

Salami pone cara de manzana al horno.

—Bueno, oh, yo... *Pogr favorgr*... *Clagro* que sí... Esto, yo... ¿Quién es el *mejorgr escrgritorgr* del mundo?

Mazzanti suspira. ¡Qué aburrimiento, este Salami!

—¡Yo lo sé, Salami! El mejor escritor del mundo es... ¡cualquiera antes que tú!

—¿Einch? —El Profesor Salami arruga aún más la cara. Las orejas se le están poniendo muy azules.

—¿Os habéis fijado, niños? —sonríe

Mazzanti—. La cara de este hombre se parece cada vez más a un boniato. ¡Un boniato sin imaginación!

Fer y Balbina se echan a reír.

—¿Pegro qué te has cgreído, Mazzanti? ¡Ahogra mismo voy a echargrte del intergrnado con mis prgropias manos!

¡Ay, se abalanza sobre él! ¿Qué va a hacer el pacífico Mazzanti contra semejante energúmeno? Pero… ¿qué hace? Lentamente, cruza los brazos delante de la frente, como si se protegiera. Respira hondo y, de repente, echa los brazos hacia atrás, adelanta una pierna y ataca con la cabeza como si fuera un toro. Grita:

—¡Ataque de imaginación total!

El Profesor Salami se queda paralizado. Se mira los pies, se mira las piernas… Se da la vuelta y con las manos se cubre el trasero. Chilla como un ratón y huye corriendo por la puerta.

—¡¡*SGGGRRR*\|\|\|\|\|\|\|\|!! —chilla.

Fer, Balbina, Mazzanti y la Buba Luna no saben cómo parar de reír.

—¡Ha funcionado! ¡Mi ataque de imaginación total vuelve a surtir efecto, amigos!

—¿Qué has imaginado, Mazzanti?

—Oh… —sonríe el escritor—. He imaginado que Salami vestía unos ridículos calzoncillos de color rosa y que le crecían unas orejas de cerdito y una cola de ratón…

¡Qué bien, Mazzanti ha recuperado sus poderes!

Afuera luce un bonito sol. El cielo está claro y bandadas de pájaros vuelan hacia países más cálidos. Se respira la calma.

Mazzanti no para de contar anécdotas, de inventar historias, frases divertidas, personajes imposibles… De repente, se queda quieto

mirando al cielo,
abre mucho la boca
y se cae de rodillas.

—¡Oh! ¡Uf!
¡Ahora sí que he
recuperado mi
imaginación! Si
hasta veo una
vaca que se acerca
volando. ¿Es que me
he vuelto loco?

Todos se ríen
y le presentan a
Petrushka, que
Balbina ha hecho
venir con su mando
a distancia.

Mazzanti
acaricia las orejas

de Petrushka, que cierra los ojos y sonríe. El escritor también cierra los ojos, acerca su cabeza a la de la vaca y…

—¡BAMOUUUUUUUUUUUU!

¡Mugen a la vez!

Todos se ríen.

—¡Gracias, Mazzanti! ¡Nos has hecho reír un montón!

—¡Gracias por tu imaginación!

—**¡Hopiiiiiiiiiiiiiiiii!**

Mazzanti se pone rojo como un niño pequeño muy tímido. Entonces, con un hilo de voz, susurra:

—Bueno, amigos… Podéis llamarme Marcelo. Es mi nombre…

—¡Marcelo!

Fer se siente feliz.

—¡Ya sé cuál es el animal más grande del mundo, Marcelo Mazzanti! ¡Eres tú! Contando tu imaginación y tu barriga… ¡eres el más grande!

Marcelo contempla su barriga y sonríe.

Y a todos les invade un ataque de imaginación tan grande que ya no pueden parar de reír y de hablar hasta la hora de comer. Ah, hacer nuevos amigos es algo muy bueno. ¡Pero hacer amigos con tanta imaginación aún más!

¡Porque la vida, con imaginación, es mucho más divertida!

ZUZANNA CELEJ

Nacida en 1982 en Lódz (Polonia), ha vivido
desde niña en Barcelona y Gerona. Licenciada
en Fotografía y Grabado por la Universidad de
Barcelona. También estudió ilustración en la Escuela
de Arte y Diseño Llotja. Ha trabajado en los ámbitos
de la fotografía artística, la pintura y el grabado.
En la actualidad se dedica principalmente al mundo
editorial: ha ilustrado más de cuarenta libros dentro
y fuera del país. Su obra ha sido expuesta en España,
Francia, Inglaterra, Polonia y Estados Unidos.

J.L. BADAL

Poeta, escritor y profesor (aunque ha hecho trabajos
muy diferentes). Ama el silencio, la música, leer
y escribir, la naturaleza, el taichí y los perros,
¡claro! En el ámbito infantil y juvenil ha publicado
obras para primeros lectores, los seis volúmenes
de la saga *Juan Plata* (Premio Folch i Torres) y el
maravilloso *Los libros de A* (escogido libro del año
en distintos medios de comunicación). Sus obras se
han traducido al portugués, holandés, danés y chino,
entre otros idiomas. Ahora mismo está escribiendo,
entusiasmado... ¡otro *Hopi*!

SI TE HA GUSTADO ESTA AVENTURA,
FER, BALBINA Y HOPI TE ESPERAN
CON NUEVOS CASOS.
¡ACOMPÁÑALOS!

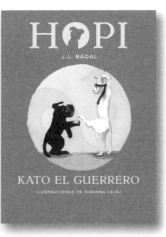

Batú

Sharlok Home